Martin Klein

Abenteuergeschichten

Mit Bildern von Jan Lieffering

Ravensburger Buchverlag

Bibliografische Information Der Deutschen Bibliothek:

Die Deutsche Bibliothek verzeichnet diese Publikation
in der Deutschen Nationalbibliografie.
Detaillierte bibliografische Daten sind im Internet
über **http://dnb.ddb.de** abrufbar.

3 2 1   06 07 08

Ravensburger Leserabe
© 2006 Ravensburger Buchverlag Otto Maier GmbH
Umschlagbild: Jan Lieffering
Umschlagkonzeption: Sabine Reddig
Redaktion: Marion Diwyak
Printed in Germany
ISBN 3-473-36168-2

www.ravensburger.de
www.leserabe.de

Inhalt

Verirrt im Finsterwald — 4

Allein gegen Monster — 16

Der Brüllgeist
bei der Pyramide — 24

Die Wespen-Gefahr — 32

Leserätsel — 41

Verirrt im Finsterwald

Der Zug stoppt
mit kreischenden Bremsen.
„Wir sind da", sagt Jochens Vater.
Aufgeregt schaut Jochen
aus dem Fenster.
Auf einem alten Schild
steht der Name der Station:
Einöden.
In den Gleisen wächst Gras.

Der Vater hat eine Karte
in der Hand.

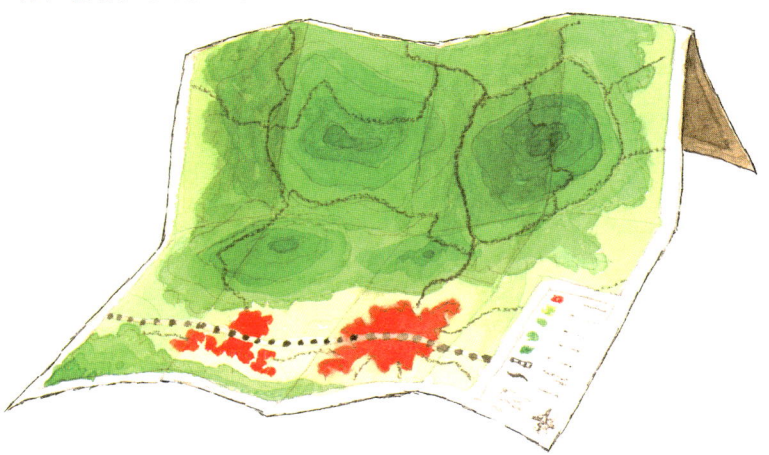

Jochen nimmt seinen Rucksack.
Das werden besondere Ferien!
Am Bahnhof stehen Häuser.
Gleich dahinter beginnt der Wald.
„Los geht's!"
Der Vater gibt Jochen
einen Klaps auf die Schulter.
„Heute wandern wir von Einöden
nach Tiefenruh."

Jochens neue Wanderschuhe
sitzen gut.
Er hat sie zwei Wochen
eingelaufen.
Seine Jacke ist warm.
Sein Rucksack hat
zwei Seitentaschen.
In der einen steckt
die Thermosflasche
mit heißem Kakao.
In der anderen sind Müsliriegel.
Jochens größter Stolz ist aber:
das neue Messer mit Lederscheide.
Insgesamt sieht Jochen aus
wie ein kanadischer Scout.
Ein Scout ist für alles gerüstet.
Die Luft riecht frisch.

Der Wald leuchtet gelb und rot.
Die Wanderer laufen und laufen.
Sie schweigen
und sind sich doch nah.
Fichten lösen die Laubbäume ab.
Hier gabelt sich der Weg.
„Seltsam", sagt Jochens Vater.
„Das ist auf meiner Karte
nicht eingezeichnet."
Sie laufen nach links.

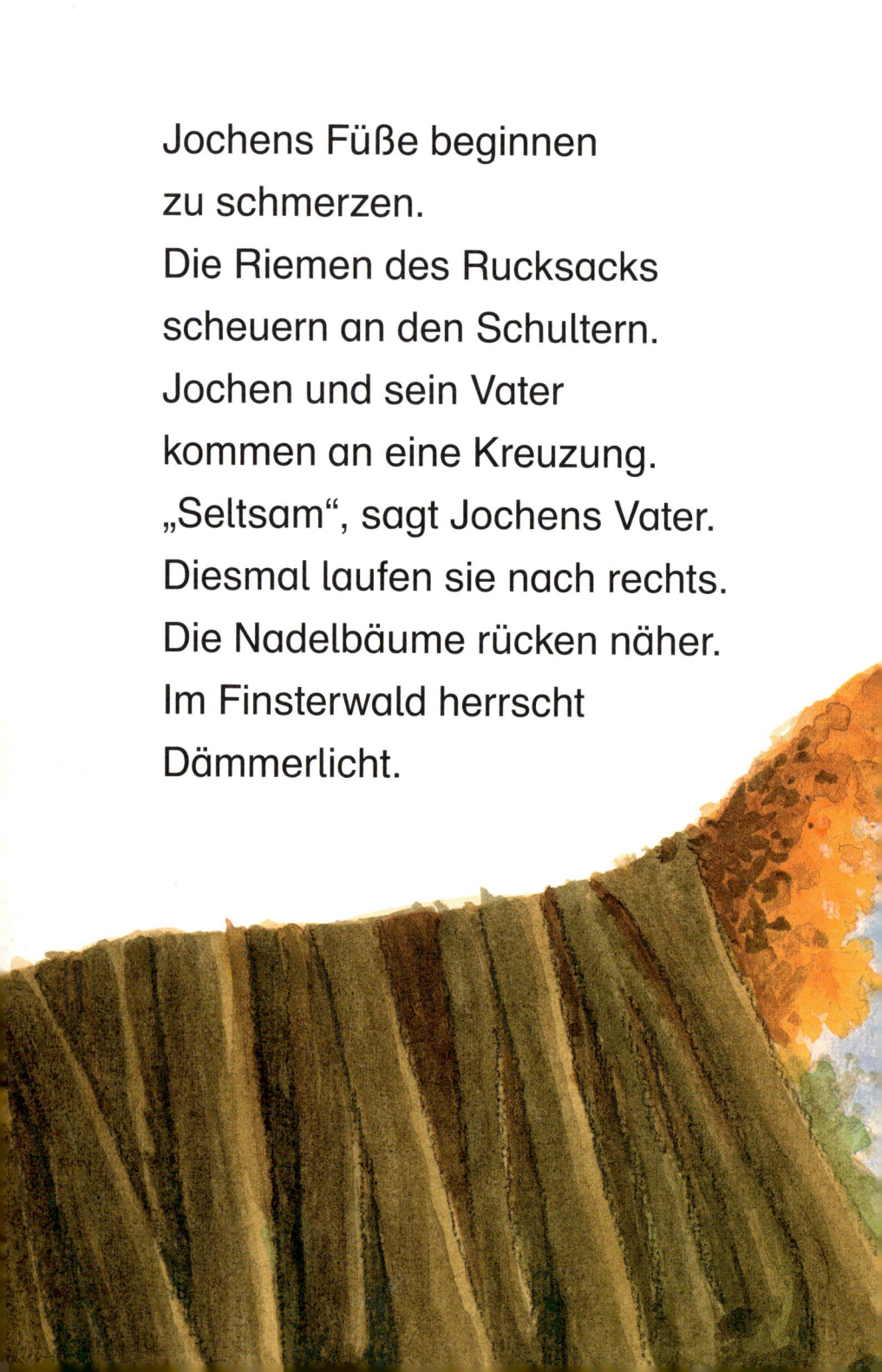

Jochens Füße beginnen
zu schmerzen.
Die Riemen des Rucksacks
scheuern an den Schultern.
Jochen und sein Vater
kommen an eine Kreuzung.
„Seltsam", sagt Jochens Vater.
Diesmal laufen sie nach rechts.
Die Nadelbäume rücken näher.
Im Finsterwald herrscht
Dämmerlicht.

Hinter ihnen raschelt es.
Jochen fährt herum.
Ein Reh huscht vorbei.
Über ihnen ertönt ein Schnarren.
Jochens Vater zuckt zusammen.
Ein Eichelhäher fliegt
durch die Bäume.
Dann endet der Weg.

„Ich glaube,
wir haben uns verlaufen",
sagt Jochens Vater kleinlaut.
„Ich bin müde", sagt Jochen.
„Und ich habe eine Blase am Zeh."
Der Vater klebt ein Pflaster darauf.
„Finden wir hier wieder heraus?",
fragt Jochen.

„Klar!" Der Vater nickt.
„Wir sind doch Scouts."
Er zeigt auf seinen Kompass.
Die Scouts erreichen
einen Hochstand.
„Vielleicht sieht man
von dort etwas!",
ruft Jochens Vater.
Sie klettern hinauf.
Sie sehen nur Bäume.
Aber es ist ein guter Platz
für eine neue Rast.
Gestärkt stapfen die Wanderer
aufs Neue los.
„Wir müssen uns beeilen",
sagt der Vater.
„Bald wird es dunkel."

Sie durchqueren eine Schlucht.
Sie überqueren einen Bach.
Sie kämpfen sich
durchs Unterholz.
Jemand grunzt neugierig.
Ein Frischling taucht auf.
Noch einer und noch einer.
Insgesamt sechs.
„Wie niedlich!", ruft Jochen.

Da grunzt es laut und wütend.
Zwei große Wildschweine
stampfen durch die Sträucher.
„Schnell weg!", ruft der Vater.
Die Wanderer rennen davon.
Bald leuchtet der Wald
wieder gelb und rot.
„Guck mal!" Jochen lacht.
„Da hinten."
„Häuser!", jubelt der Vater.
„Das ist Tiefenruh!"

Aber alles kommt
ihnen bekannt vor.
Das ist – Einöden.
„Oje", sagt Jochens Vater.
„Der Kompass ist kaputt."
„Egal", sagt Jochen.
„Hauptsache, es gibt jetzt sofort
Schnitzel mit Pommes."

Der Vater ruft ein Taxi herbei.
„Tiefenruh, Gasthof",
sagt er zum Fahrer.
Die Fahrgäste machen es sich
auf der Rückbank bequem.

Allein gegen Monster

Das ist Paul Mega-Fighter.
Paul hat viele Muskeln
und ist gut bewaffnet.
Er besitzt einen Knallfrosch,
zwei Wunderkerzen,
drei Stinkbomben und
vier Lachgranaten.
Paul ist allein
in der Ruinenstadt.
Allein gegen Monster.

Vorsicht!
Gefahr von vorn!
Das riesige Breitmaul
will Paul verschlingen!

Puh, das war knapp.
Aber der Knallfrosch ist weg.
Das Breitmaul frisst ihn
zum Frühstück.

Achtung, Paul! Hinter dir!
Der schwarze Scharfkraller
greift an!!

Schnell!
Zünde die Wunderkerzen an!

Uff! Geschafft.

Da! Schon wieder Gefahr!
Diesmal von oben!
Die scheußliche Warzenspinne
seilt sich ab!
Oje, zu spät.

Die Warzenspinne schnuppert.
Sie hat eine empfindliche Nase.
Sie freut sich aufs Mittagessen.
Da gibt's nur eine Möglichkeit:
die Stinkbomben!
Noch mal davongekommen!

Aber was ist das?
Diesmal lauert unten jemand!
Es ist der fürchterliche Erdgnom!
Mega-Fighter, gib Acht!

Oh, nein.
Der Erdgnom ist schneller!
Es gibt nur eine Rettung.
Selbst der furchtbare Erdgnom
ist harmlos, wenn er lachen muss.

Puh, wieder entkommen.
Aber nun ist Paul unbewaffnet.
Da – sie greifen von neuem an!
Gemeinsam!
Das riesige Breitmaul,
der schwarze Scharfkraller,
die Warzenspinne
und der Erdgnom!
Der Mega-Fighter ist verloren.

„Paul?", ruft eine Stimme.
Spiel beenden, steht oben links.
Paul klickt darauf.
„Paul?!"
Die Mutter schaut in den Raum.
„Was machst du
in Roberts Zimmer?"
„Nichts", sagt Paul.
Robert ist sein großer Bruder.
Pauls Wangen glühen.
„Du sollst nicht dauernd
vorm Computer hocken!",
schimpft Mama.

„Hab nur was geguckt", sagt Paul.
Er schaltet aus.
„Raus mit dir", sagt die Mutter.
„Draußen wartet Ulli, der Sheriff!
Er braucht dich,
um gegen Banditen zu kämpfen."
Paul läuft los.
Echte Abenteuer sind die besten.

Der Brüllgeist bei der Pyramide

Leon und Mara machen
mit ihren Eltern
Urlaub in Südamerika.
Dort gibt es im Urwald
eine alte Stadt.
Sie besteht aus großen Pyramiden.
Vor langer Zeit haben
Indianer sie gebaut.
Das waren die Mayas.

Die Indianer sind längst fort.
Jetzt kommen Touristen.
José wohnt in der Nähe.
Er vermietet Hängematten
an die Besucher.

„Ich freue mich schon darauf,
auf die Pyramiden zu klettern",
sagt Leon.
Mara gähnt.
„Und ich freue mich
auf die Hängematte!"

In der Nacht wacht Leon auf.
Er hört dumpfes Gebrüll.
Es klingt gespenstisch.
Seine Eltern schlafen tief.
Mara schnarcht leise.
Leon hält die Augen offen.
Einer muss die Familie bewachen.

Trotzdem ist er am nächsten Tag
kein bisschen müde.
Auf zu den Pyramiden!
Zum Frühstück serviert José
Rührei mit Bohnen.
„Viel Spaß", sagt er.
„Und Vorsicht
vor den Geistern der Mayas!"
José zwinkert dabei
mit einem Auge.
Vielleicht ist ihm
etwas hineingeflogen.

Die Pyramiden sind sehr hoch!
Leons Vater und Mara
trauen sich nicht hinauf.
Sie sind nicht schwindelfrei.
Aber Leon und die Mutter klettern
die schmalen Stufen hinauf.

Von oben sehen sie
auf die Bäume hinab.
Ein grünes Meer liegt unter ihnen.
Das sieht fantastisch aus.
Ein Baum ist höher
als die anderen.
Fast reicht er
bis an die Pyramide heran.

Da! Dumpfes Gebrüll tönt
aus der Baumkrone.
Leons Mutter wird blass.
„Was ist das?!"
Äste schwingen,
Zweige wackeln,
Blätter rascheln.

Das Gebrüll ist ganz nah!
Dann verstummt es.
Jetzt – taucht ein Gesicht auf!
Darunter eine Gestalt
mit langen, felligen Armen.
Über dem Abgrund hält sie
lässig das Gleichgewicht …
Brüllaffen leben im Urwald
von Guatemala.
Sie sind neugierig und
machen eine Menge Lärm.

Die Wespen-Gefahr

„Alarm!!"
Eva springt entsetzt auf.
Der Gartenstuhl fällt um.
„Hilfe! Argh!!"
Sie wirft ihr Marmeladenbrot weg.
Evas großer Bruder Lars lacht.
Das Brot landet auf der Terrasse,
mit der süßen Seite unten.
Die Wespe krabbelt darunter hervor.
Sie ordnet ihre Beine.
Sie startet.
Sie schwirrt sirrend auf Eva zu.
Eva weicht zurück.
„Hilfe! Lars!", schreit sie.
„Mach sie tot!"

Aber Lars lacht nur.
Er scheucht die Wespe
in Evas Richtung.
„Du … du …"
Eva fehlen vor Schreck
und Empörung die Worte.
Dann zischt sie:
„Ich wünschte, ich könnte dich
stechen!"

Plötzlich ist alles anders.
Eva ist schwarz und gelb.
Sie kann fliegen
wie ein Helikopter
und besitzt einen giftigen Stachel.
Sie riecht herrliche Düfte.
Sie erspäht Berge von Leckereien!

WAMM!
Ein furchtbarer Schlag
verfehlt sie knapp.

Ein Riese fuchtelt
mit ungeheuren Pranken herum.
„Weg, oder ich steche dich!",
summt Eva aufgeregt.
WAMM!
Das war noch knapper.
Der Riese hat eine grausame
Waffe geholt.

Eva wird gegen etwas
geschleudert.
Es ist hart und unsichtbar.
Verzweifelt kriecht sie
darauf herum.
Was ist das bloß?
Luft und doch keine Luft?!

Plötzlich ist Eva gefangen.
Der Riese stülpt ein Gefängnis
über sie.

Er schüttelt es hin und her.
Eva wird davon ganz benommen.
Der Riese wirft sein Opfer
in eine Flüssigkeit.

Apfelsaft ist süß,
aber auch eine tödliche Gefahr.
Eva rudert mit allen sechs Beinen.
Verzweifelt versucht sie
zu entkommen,
doch die Wände des Glases
sind glatt.
Der Riese beobachtet sie
gespannt.

„Hilfe!", keucht Eva. „Ich ertrinke!"
Ein Löffel taucht neben ihr auf.
Eva klettert mit letzter Kraft hinauf.
„Was soll das?",
fragt Lars erstaunt.
„Ich sollte die Wespe doch töten!"
„Nein", sagt Eva.
Sie hält den Löffel in die Sonne,
bis die Wespenflügel trocken sind.

Martin Klein wurde 1962 in Lübeck geboren, aufgewachsen ist er zusammen mit drei Geschwistern im Rheinland. Nach einer Lehre als Landschaftsgärtner studierte er Landschaftsplanung an der TU Berlin, 1993 machte er sein Diplom. Zu diesem Zeitpunkt hatte er ganz nebenbei schon vier Bücher veröffentlicht. Heute lebt er als freier Autor und Landschaftsplaner in Potsdam. Für den Leseraben hat Martin Klein auch die Bücher vom „Kleinen Dings" geschrieben.

Jan Lieffering ist Holländer und wurde 1962 in Den Haag geboren. 16 Jahre lang arbeitete er als Grundschullehrer, bevor er aus seinem Hobby einen Beruf machte. Seit 2002 ist er jetzt als freier Illustrator tätig, seither ist kein Blatt Papier mehr vor ihm sicher: „Alles, was weiß ist, muss bunt werden!" Das ist sein Motto. Für den Leseraben hat er bereits „Das Gespenst auf dem Dachboden" von Katja Königsberg illustriert.

Leserätsel
mit dem Leseraben

Super, du hast das ganze Buch geschafft!
Hast du die Geschichten ganz genau gelesen?
Der Leserabe hat sich ein paar spannende
Rätsel für echte Lese-Detektive ausgedacht.
Mal sehen, ob du die Fragen beantworten
kannst. Wenn nicht, lies einfach noch mal
auf den Seiten nach. Wenn du die richtigen
Antwortbuchstaben in die Kästchen auf Seite 42
eingesetzt hast, bekommst du das Lösungswort.

Fragen zu den Geschichten

1. Warum verirren sich Jochen und sein Vater im Finsterwald? (Seite 14)
   A: Weil Jochens Vater eine Abkürzung kennt und sie den Weg verlassen.
   K: Weil der Kompass von Jochens Vater kaputt ist.

2. Wie kommen Vater und Sohn von Einöden nach Tiefenruh? (Seite 15)
   M: Sie folgen der Straße nach Tiefenruh.
   O: Sie nehmen ein Taxi.

3. Wie überlistet Paul Mega-Fighter die scheußliche Warzenspinne? (Seite 19)
  P : Er überrumpelt sie mit einer Lachgranate.
  M: Er überlistet sie mit einer Stinkbombe.

4. Von wem stammen die großen Pyramiden, die Leon und Mara im Urlaub ansehen? (Seite 24)
  P : Die Pyramiden wurden von den Mayas gebaut.
  Q: Sie wurden von Geistern erbaut.

5. Warum wollen Leons Vater und Mara nicht auf die Pyramide steigen? (Seite 28)
  R : Weil sie Angst vor bösen Geistern haben.
  S : Weil sie nicht schwindelfrei sind.

6. In welche Flüssigkeit wird „Wespe Eva" geworfen? (Seite 38)
  S : In Apfelsaft.
  T : In Limonade.

Lösungswort:

| 1 | 2 | 3 | 4 | A 5 | 6 |

Rabenpost

Super, alles richtig gemacht! Jetzt wird es Zeit für die RABENPOST.
Schicke dem LESERABEN einfach eine Karte mit dem richtigen Lösungswort. Oder schreib eine E-Mail.
Wir verlosen jeden Monat 10 Buchpakete unter den Einsendern!

An den LESERABEN
RABENPOST
Postfach 20 07
88190 Ravensburg
Deutschland

leserabe@ravensburger.de
Besuche mich doch mal auf meiner Webseite:
www.leserabe.de

Leserabe

1. Lesestufe für Leseanfänger ab der 1. Klasse

ISBN 3-473-36038-4

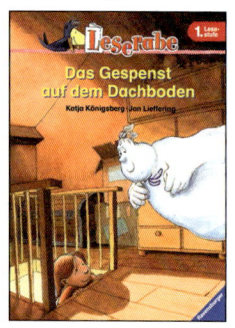

ISBN 3-473-36036-8

ISBN 3-473-36014-7

ISBN 3-473-36037-6

2. Lesestufe für Erstleser ab der 2. Klasse

ISBN 3-473-36043-0

ISBN 3-473-36041-4

ISBN 3-473-36039-2

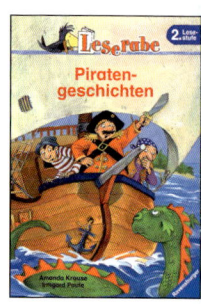

ISBN 3-473-36021-X

3. Lesestufe für Leseprofis ab der 3. Klasse

ISBN 3-473-36054-6

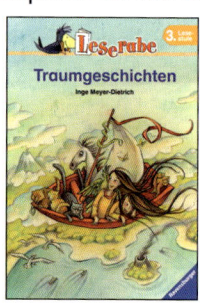

ISBN 3-473-36051-1

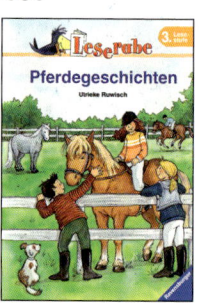

ISBN 3-473-36024-4

ISBN 3-473-36052-X

Gute Idee.